ハイパー
トラベラー

アラン・バンフォード

献身

マシューさんへ、
スミロとシュリーポ。

コンテンツ

謝 辞

私にとってこの短編小説を書くことは素晴らしい経験であり、カモの世界に命を吹き込む機会を与えていただけたことに感謝しています。私の個人的な物語は、自分の想像力の深さを探求して、やる気を起こさせるものを作り出すきっかけを与えてくれました。

この物語を読者と共有する機会を与えていただいたことに感謝し、この物語が読んでくださった方々に喜び、興奮、インスピレーションをもたらすことを願っています。最後に、文章を書くという技術自体に感謝の意を表したいと思います。

ストーリーを伝え、読者とつながる能力は、私に
とって決して当たり前のことではない贈り物で
す。この短編小説を読むために時間を割いていた
だき感謝申し上げるのと同時に、あなたの素晴ら
しい未来の基盤となることをお祈り申し上げま
す。

第1章

贈り物

太陽が地平線から昇り始めたばかりで、小さな町に暖かい光が投げかけていました。空気は静かで、遠くから聞こえる鶏の鳴き声と、時折そよぐそよ風の中で葉が擦れる音だけがあった。いつもと変わらない、穏やかな朝でした。

しかし、この日が次世代にインスピレーションを与える物語の始まりとなることを誰もがほとんど知りませんでした。

愛と喪失、勝利と敗北、喜びと悲しみの物語。

この物語は何年にもわたって語られ、世代から世代へと受け継がれ、伝説のものとなりました。

カモは小さな町の少年で、町を出て外の世界を探検することを常に夢見ていましたが、そうする勇気はありませんでした。しかし、この朝、カモの心の中で何かが動きました。彼はここを離れて冒険に出かけたいという説明できない衝動を感じました。そこで、彼は小さなバッグにいくつかの持ち物を詰め込み、どこへ行くのか、何が見つかるのかも決める前に歩き始めました。歩きながら、彼はこれまで経験したことのない解放感と興奮を感じました。
彼の周りの世界が開かれ、無限の可能性と
冒険が明らかになったように見えまし た。
彼は何時間も歩いて、山に囲まれた小さな
村にたどり着きました。村でカモはひげを
生やしたマシューという名前の老人に出会
いました。

マシューはハイパー旅行者であり、宇宙を見
て、物語を語るために生きてきた自由な人でし
た。彼はカモが夢見てきたすべてだったので
す。彼らは村とその周辺を探索することに時間
を費やし、その一方で、一秒一秒をいかに有効
に活用するか、マシューが行った場所やカモが
行きたい場所について何時間も話し合いまし

た。カモの落ち着きのない精神と冒険への渇望
は、一か所に定住しても鎮まりません。そのた
め、村で一日を過ごした後、彼は再び一人で出
発しましたが、出発する前に、マシューは冒険
の資金を提供する魔法のカードを彼に与えまし
た。カモは言葉を失いました。なぜなら彼はア
ドバイス以外には年老いたひげに何も期待して
いなかったのです。

今では彼は生涯、自分の目的を探し続ける
こととなりました。

彼は何か月も旅をし、さまざまな場所をさ
まよったが、長く一つの場所へは決して留
まることはありませんでした。こうしてカ
モの旅が始まったのです。

彼を世界の果て、そして更には世界の果て

のその先へ連れて行く旅です。愛と喪失、

勝利と敗北、喜びと悲しみに満ちた旅。

第2章

恐れ

何か月も旅を続けた後、カモは人々と騒音に囲まれた賑やかな街にいることに気がつきました。これほど多くの人が同じ場所に集まるのをこれまで見たことがなく、その騒音は彼にとって圧倒的でした。彼はこの街を探索し、提供するものを確認しようと決意しました。

彼は最初の数日間、街を歩き回り、景色や音を満喫しました。彼は新しい食べ物を試し、博物館や美術館を訪れ、さらにはコンサートにも行きました。ある日、混雑した通りを歩いていると、バックパックを引っ張られるのを感じました。彼が振り向くと、少年がカバンを持って逃げていくのが見えました。カモは何も考えずに、街中を駆け抜け、人を左右に避けながら彼を追いかけました。

永遠のように感じられた時間が過ぎ、ついにカモは少年に追いつきました。少年は路地でカバンを漁っていました。少年とカモの目があったとき、彼は恐怖と反抗が入り混じった

表情で顔をしていました。一方カモは、怒り
や恐怖を感じませんでした。むしろ、同情心
を抱いたのです。彼は、世界で道に迷って孤
独を感じることがどのようなものかを理解し
ていました。

少年は何も言わずにカモに鞄を差し出しまし
た。カモはしばらく少年を見つめ、ゆっくり
とカモに返しました。

「ありがとう」「何かお手伝いできることはあ
りますか？」カモが少年に問いかけると少年は
一瞬ためらったが、うなずきました。「妹」と
彼はささやき程度の声で続けました。「彼女は
病気で、私たちには薬を買うお金がありませ
ん。」カモは自分が何をしなければならないか

をわかっていました。彼はポケットに手を入れて札束を取り出し、少年に手渡しました。

「これを受け取ってください」「それほど多くはありませんが、役立つはずです。そしてお妹さん に、早く良くなりますようにとお伝えてください。」少年は驚きと感謝の気持ちで目を丸くし、声を震わせながら 「ありがとう」と告げました。

カモは少年と別れた後、目的意識を感じました。これこそが自分がずっと探し求めていたものである。他者を助け、世界に変化

をもたらすことこそが自分の探していたものであると気がつきました。その日からカモは、困っている人たちを助けることに専念しました。

ホームレス保護施設、病院、慈善団体でボランティア活動を行い、世界中を旅するうちに、カモは自分の人生の目的が、一人一人が世界をより良い場所にすることであることに気がついたのです。

第3章

勇敢

数年後もカモは世界中を旅し続けながら困っている人を助け、新たな冒険を求めました。彼は、ほとんどの人が夢見ることしかできないようなことを経験しましたが、知識と探求への渇望は決して衰えることはありませんでした。ある日、カモは人里離れたジャングルをさまよっていると、小さな村に遭遇します。

そこにいた人々は、彼がこれまで会ったどの
人々とも異なっていました。彼らは彼が理解で
きない言語を話し、彼らの習慣は彼がこれまで
見たものとは大きく異なっていました。言葉の
壁はあったものの、カモは村の人々に惹かれて
いきました。

カモは彼らと一緒に数日を過ごし、彼らの
生き方について学び、日常の仕事を手伝い
ました。

ある夜彼が小さな小屋で寝ようとしている
と外で騒ぎが聞こえました。外に出ると村
が武装集団に襲撃されているのが見えまし
た。カモは迷わず動き出しました。彼は棒
を掴み、侵略者と戦う村人たちに加わりま

した。激しい戦いでしたが、カモの協力も
あり村人たちは襲撃者を追い返すことがで
きました。落ち着いたとき、カモは被害状
況を調査しました。

村は壊滅状態で多くの村民が負傷しました。
カモは自分が何をしなければならないかを知
っていました。彼は医学の知識と、病院で負
傷者の世話をするボランティアとして働いた
経験を活かして働き始めました。彼は何日も
休みなく働き、全員が健康で安全になるまで
休むことを拒否しました。

村のためにできることをすべてやり終えたと
き、カモは別れを告げて旅を続けました。し
かし、彼は、その小さなジャングルの村で出

会った人々を決して忘れることはないとわかっていました。

彼らは勇敢であることが何を意味するのかを彼に教えてくれました。そして彼は彼らが常に心の中の特別な場所を占めるだろうということを知っていました。カモは旅を続けるうちに、ジャングルでの経験が自分を変えたことに気づきました。

彼は常に他の人を助けたいという願望に駆られていましたが、今ではさらに深い目的 意識を感じています。彼は、世界が広大で複雑な場所であり、まだ発見していない 人々や文化で満ちていることに気づきました。そこで彼は、これからどんな冒険が 待っているのか、

どんな新しい教訓を学べるのかを知るために

再び出発しました。

第4章

勉強

カモの旅はやがて海の真ん中にある孤島へと辿り着きました。その島は彼がこれまで見たどの島とも異なっていました。それは緑豊かな熱帯の島で、透き通った海と白い砂浜がありました。しかし、カモは島を探索するうちに、ある異変に気付いたのです。地元の人々は何かを恐れているようで、村に降りかかった「呪い」について囁いています。

カモは好奇心がそそられ、呪いの根源を探ろう
としました。

彼はすぐに、何年も前に近くの火山が噴火し、
島の大部分が破壊され、人々が住むことができ
なくなってしまったことを知りました。地元の
人々は復興を試みましたが、復興するたびに謎
の強力な波が島を襲い家が破壊されました。カ
モは彼らを助けようと決意し、島の地理と気象
パターンを研究し始めました。

彼は、この波が「津波」として知られる現象、
つまり地表深部の地震活動によって引き起こさ
れる巨大な海の波が引き起こされたことを発見
しました。この知識をもとに、解決策を見つけ
ようと試みました。

彼は地元の人々と協力して警報サイレンと避難経路のシステムを構築し、差し迫った津波の兆候を知らせる方法を教えました。そして次の津波が襲ってきたときにはすでに準備ができていました。

サイレンが鳴り響き、村人たちはあの壊滅的な波を避けて高台へ避難することができたのです。

カモの努力のおかげで、村はかつて彼らを悩ませていた呪いの脅威から解放され、再建され、繁栄していきました。しかしカモは自分の旅がまだ終わっていないことを知っていました。

彼は世界の多くを見てきましたが、まだ探検すべき場所がたくさん残っていて、多くの人が自分の助けが必要だと気がついていました。そこで彼は、これからどんな新しい冒険が待っているのかを探すために、再び出発しました。

第5章

平等

カモがさらに旅を続けると、そびえ立つ高層ビルと絶え間なく続く人々に囲まれた賑やかな街にいることに気づきました。それは彼が慣れ親しんだ辺鄙な村や熱帯の島々からは程遠いものでしたが、カモはこの新しい世界を探索することに興奮していました。

街の通りを歩いていると、カモは富裕層と貧困層の顕著なコントラストに衝撃を受けました。市内の一部の地域では高級車やデザイナーズショップがあふれ、また別の地域ではホームレスの人々が小銭を乞い、路上で寝ていたのです。カモは人々の苦しみを無視することができず、できる限りの支援を始めました。

彼は炊き出しやホームレス保護施設でボランティア活動をし、路上で人々と話し、彼らの話を聞き、慰めを与えることに時間を費やしました。しかしカモは、これが一時的な解決策にすぎないことを知っていました。

彼は、より有意義な方法で支援し、貧困から抜け出すために必要なツールを提供したいと考えていました。そこで彼は、貧困の根本原因に対処するのに役立つ経済的および社会的政策について研究し始めました。

彼は精力的に働き、論文を書き、政治家や地域の指導者たちにプレゼンテーションを行い、行動を起こすよう促しました。

最初はなかなか進歩が遅かったですが、カモが諦めることはありませんでした。彼は同じ考えを持つ人々からの支持を集め、最終的に彼の努力は報われました。市は貧困と不平等に対処する政策を実施し、周辺の人々の生活は改善し始めました。街を見渡しながら、カモは誇りと達成感を感じた。彼は非常に多くの人々の生活に変化をもたらし、より公正で公平な社会の構築

に貢献しました。しかし、この勝利を祝いなが

らも、カモはまだまだやるべきことがまだたく

さんあることを認識していました。世界は広大

で複雑で、常に新しい課題に直面し、新しい

人々が助けてくれました。

第6章

革新

カモはやがて、山間にある小さな田舎の村にたどり着きました。この村には、土地から生計を立てるために懸命に働いた農民たちの結束の強いコミュニティがありました。カモは村を探索していると、人々が苦労していることに気がつきました。作物は不作となり、村人たちはますます絶望的になりました。

加茂さんは手助けをしたいと決意し、村の農業慣行についてさらに学び始めました。彼は農家に話を聞いたところ、彼らが何世代にもわたって受け継がれてきた伝統的な

手法を今でも使用していることを知りました。しかし、カモは土地と作物を研究したところ、これらの方法はもはや持続可能ではないことがわかりました。

土壌は枯渇し、作物は害虫や病気に弱くなっていたのです。カモさんは解決策を見つける必要があると考え、新しい農業技術の研究を始めました。

彼は持続可能な農業について学び、輪作やコンパニオンプランティングなどの新しい

方法を実験しました。最初、村人たちは懐疑的でした。彼らは伝統的なやり方に慣れており、新しいことに挑戦することに躊躇していました。しかし、カモは粘り強く取り組み、村人たちはゆっくりと、しかし確実に彼の提案する方法を理解し始めました。作物は成長し、村人たちは飢えることを心配する必要がなくなりました。

市場で売るのに十分な量が残り、村に追加収入をもたらしました。緑豊かな田畑と村人たちの笑顔を眺めながら、カモは深い満足感を覚えました。彼はこれらの人々の生活の改善を支援し、彼らのために持続可能な未来を築く方法を見つけました。しかし、カモさんは、世界に

はまだ苦しんでいる人がたくさんいること、解

決しなければならない問題がたくさんあること

を知っていました。

第7章

持続可能性

カモは旅を続けるうちに、これまで見たことの
ない賑やかな大都市にいることに気づきまし
た。この都市は商業と産業の中心地であり、高
層ビルがそびえ立ち、常に活気が溢れていまし
た。しかし、街を探索するうちに、カモさんは
この活動が環境に悪影響を及ぼしていることに
気づかずにはいられませんでした。

空気は汚染で濃く、通りは車が渋滞していた。
変化を起こそうと決意した加茂さんは、都市の
持続可能性を促進する方法を見つけようと取り
組みまし た。

彼は排出量と廃棄物を削減するための新しい技
術と戦略を研究し、環境保護の重要性について
の意識を高めるために精力的に取り組んでいま
した。

最初は進歩が遅かったです。市の指導者の
多くは持続可能性よりも利益を重視しており、
変化することに抵抗していました。しかしカモ
は諦めませんでした。

彼は環境活動家、ビジネスリーダー、関心を持

つ市民からの支持を集め、最終的に彼の努力は報われました。市は、グリーンビジネス慣行の奨励から公共交通機関への投資まで、持続可能性を促進するための新しい政策の実施を開始しました。変わりゆく街を眺めながら、加茂さんは深い満足感を覚えた。彼は、そこに住む人々のために、より持続可能な未来を創造することに貢献し、経済成長と環境保護のバランスをとることが可能であることを示しました。しかし、カモさんは、この先にはまだ多くの課題があることを知っていました。世界は急速に変化しており、解決すべき新たな問題が常にありました。

第8章

発見

カモは気がつくと広大な砂漠の中にある人里離れた小さな村にいました。容赦なく灼熱の気温と見渡す限り砂丘が続いていました。村の人々は遊牧民で、水と食料を求めてあちこちを旅していました。カモは彼らの生き方に魅了され、数週間かけて彼らの文化や習慣について学びました。

しかし、村人たちと過ごす時間が増えるにつれ、カモさんは彼らが重大な脅威に直面していることに気づき始めた。

砂漠は年々暑さと過酷さを増し、水はますます不足していたのです。カモさんは支援を決意し、砂漠に持続可能な農業をもたらす方法を探し始めた。彼は水と土壌を節約するための新しい方法を研究し、過酷な条件でも生き残ることができるさまざまな作物を実験しました。最初、村人たちは懐疑的でした。

彼らは生涯を砂漠で過ごし、それに伴う困難には慣れていました。しかし、カモは粘り強く取り組み、村人たちはゆっくりと、しかし確実に彼の手法の利点を理解し始めました。

村が繁栄し始めたとき、カモさんは深い満足感を覚えました。彼はこれらの人々の生活の改善に貢献し、厳しい砂漠環境の中で彼らのために持続可能な未来を築く方法を見つけました。時は流れ、カモは村で働き続けた。彼はコミュニティの一員として愛され、住む場所も提供されました。しかしある日、カモは砂漠を探索中に、思いがけないものに遭遇しました。砂の下には、なんと彼がこれまで見たものとは異なる古代の遺物が埋められていたのですその工芸品は、複雑に彫刻された小さな石で、カモには定義することができなかったが、マシューのジャンパーに以前見たマークが付いていたのを思い出しました。しかし、彼がそれを手にとったとき、奇妙なエネルギーが体中を駆け巡るのを感じました。カモは、人類の歴史の流れを変える可能性のある何か特別なものに遭遇したことを知っていました。

彼は遺物の謎を解き明かし、その秘密を明らかにするための新たな探求に乗り出すことを誓いました。村から村へと旅をする中で、カモは同様にこの遺物に興味を持っていた他の冒険家や学者に会いました。彼らは手がかりをつなぎ合わせ、石の刻印を解読した。彼らが発見したものは驚くべきものでした。

そのアーティファクトは伴であり、何千年も前に砂漠で繁栄していた失われた文明の秘密を解く伴でした。新しく見つけた仲間たちの助けを借りて、カモは砂漠の奥深く、世界の人々から長い間忘れ去られていた隠された都市へと旅立った。そこで彼 は、人類が何世紀にもわたって失われていた高度な技術と知識で満たされた、繁栄する大都市を発見しました。かつてそこに住んでいた人々はとうの昔に去っていましたが、彼らの遺産は生き続けていたのです。カモは、自分はずっとここに導かれ旅を していたことに気づきました。彼は、この失われた文明の秘密を明らかにし、その知識を世界に持ち帰り、人類が大きく前進できるよう支援するために選ばれました。カモは動き出しました。彼は失われた文明の テクノロジーと知識を何年もかけて研究し、世界に革命を起こすイノベーションを開発しました。彼の仕事は彼に名声と富をもたらしましたが、カモは最初に両手を広げて彼を歓迎してくれた砂漠の村の人々を決して忘れませんでした。彼は、新たに得た力と影響力を利用して、人々の生活をさらに改善し、失われた文明の知識と技術を最も必要とする人々に広めました。結局、カモは自分の旅が単なる冒険の連続ではなかったことに気づきました。

それは彼をずっと待ち望んでいた天職であり、目的でした。そして自分の人生を振り返ってみると、自分が小さいながらも重要な役割を果たしてきたことに気づきました。

第9章

予想外

カモは何年もかけて失われた文明の技術と知識を研究し、世界に革命をもたらす驚くべき進歩を遂げました。彼は有名な科学者および発明家となり、世界中の人々が彼の専門知識と指導を求めていました。しかしある日、カモのもとに差出人不明の謎の メッセージが届きました。

そのメッセージには、画期的な発見を明らかにすると約束する秘密会議への謎めいた招待状だったのです。

好奇心と興味をそそられたカモは、メッセージの指示に従って、鬱蒼とした森の奥深くにある秘密の場所に到着しました。そこで彼は二人のハイパー旅行者、スミロとシュリーポに出会いました。彼らはフード付きのマントの後ろに正体を隠した謎の人物に導かれていました。その姿は正体を現し、それは年老いたひげを生やしたマシューでした。彼はカモが生涯をかけて研究してきた宇宙を含むすべての失われた文明の秘密を明らかにすることに専念してきた協会の主要メンバーだったのです。

彼らは、今までの常識をすべてを変える可能性のある発見をしました。

失われた文明が繁栄していた瞬間にタイムスリップする方法を見つけたのです。カモは最初は懐疑的でしたが、マシューが証拠を提示したため、この発見の可能性を否定することはできませんでした。

協会は、人間を限られた時間だけ過去に戻すことができるタイムマシンを構築しており、カモはその最初のテスト者として招待 されました。

リスクと危険があることは十分理解していましたが、カモは失われた文明を直接目撃する機会に抵抗することはできませんでした。彼は、この古代文明についてのさらなる秘密を明らかにすることを期待して、過去に戻ることに同意しました。タイムマシンに乗り込むと、カモはアドレナリンの高まりと興奮を感じました。機械が音を立てて息を吹き返し、彼は活気に満ちた賑やかな街にタイムスリップしました。

カモは目を疑ました。彼は失われた文明の真っ只中に立っていて、彼が生涯をかけて研究してきたまさに人々に囲まれていたのです。しかし、街を探索するうちに、カモは何かがおかしいことに気づきました。人々は奇妙な行動をしていて、空気には緊張と不安が漂っていました。

彼はその理由をすぐに発見しました。街は未知の敵の攻撃を受けていたのです。カモは街が破壊され、尊敬してきた人々が虐殺される姿を恐怖の目で見ていました。

その瞬間、カモは自分の旅が暗転したことに気がつきました。過去への旅行が協会によって画策された罠まさにものだったのです。カモは、彼らの真の目標は失われた文明の秘密を明らかにすることではなく、彼らの利益のために文明の存在自体を歴史から排除することであることであると、遅すぎたが気がつきました。

彼は過去に囚われており、元の時間に戻る方法はありません。しかしカモは諦めませんでした。彼は知識と専門知識を活用して新しい発明を構築し、過去の危険から身を守りました。

年月が経つにつれ、カモは自体が伝説となり、
失われた文明の人々から強力で賢明な魔術師と
して尊敬されるようになりました。

　彼はその立場を利用して人々を守り、過去に自
分を閉じ込めた社会と正義と自由のために戦い
ながら、自分はもう二度と自分の時代には決し
て戻れないかもしれないことをわかっていまし
た。彼は、自分自身の旅の囚人として、残りの
日々を過去に生きることを理解していたので
す。

こうしてカモは、自分の世界ではない世界
に変化をもたらすことを決意し、過去に生
き続けました。カモは裏切られ、罠にはめ
られましたが、知識と冒険の探求を諦めま

せんでした。彼の旅は予期せぬ方向に進み

ましたが、彼はこれからも自分自身の旅を

築き続けます。

第10章

覚醒

カモは何年も過去に生き、正義のために戦い、失われた文明の人々を守ってきました。彼は敵から恐れられ、味方から愛される強力な人物になっていったのです。カモは過去の世界で成功しているにも関わらず、依然として自分の時代に戻ることを切望していました。

彼は長い間過去に囚われていました。ある日、カモのもとに思いがけない訪問者が訪れるのです。

それはハイパー旅行者の同窓会で出会ったスミロでした。スミロは、カモを取り戻すため過去に送り込まれたのだと説明した。カモは最初、この見知らぬ人を信用していいのか不安で躊躇していました。しかし、スミロが自分の使命について明かすにつれ、ついに自分の時代に戻る機会が見え始めたのです。

彼はスミロ号に乗ることに同意し未来へタイムトラベルをすることになりました。カモは未来の光景と音に驚きました。

彼が過去に囚われていた頃から世界は大きく変わってしまったので、彼は何が起こったのかを理解するのに苦労しました。未来を探求していると、カモはすぐに何かがおかしいことに気づきました。

世界は思ったほど完璧ではありませんでした。汚職と不正は依然として存在し、人々は過酷で容赦のない世界で生き残るために苦労していました。加茂氏は、これまでと同じように、変化を起こそうと決意していました。彼は知識と専門知識を活用して新しいテクノロジーを発明し、将来の不正と闘いました。しかし、未来の世界を深く掘り下げるうちに、カモは暗い秘密を発見しました。なんと彼を未来に連れて行っ

たスミロは、カモを騙すためのスパイだったの
です。

スミロは、自分たちの利益のためにタイム
ラインを操作することに専念する団体のメ
ンバーでした。カモは再び裏切られ、過去
に囚われたのと同じように未来に囚われて
しまった。しかし今回、彼は一人ではあり
ませんでした。

彼には新しい仲間がいて、時間軸のバラン
スを取り戻すことを決意し、一緒に社会と
戦いました。敵と戦ううちに、カモは社会
の真実を暴き始めた。彼は、彼らがタイム
ラインを操作しているだけでなく、歴史を
完全に書き換えようとしていることに気が

つきました。カモは、たとえ犠牲を払って
でも彼らを止めなければならないことを知
っていました。彼はすべてを危険にさらし
て団体を完全に解体するために必要な情報
を収集しました。結局、カモが勝利しまし
た。彼は未来を救い、タイムラインのバ
ランスを回復させました。

しかし、自分の時代に戻ったカモは、旅によっ
て自分自身が永遠に変わってしまったことに気
がつきました。彼は時間を旅し、敵と戦い、誰
も知らなかった秘密を明らかにしました。彼は
裏切られ、罠にはめられましたが、新しい仲間
と新しい目的も見つけました。
カモは冒険と危険に満ちた人生を送り、その分

だけ強くなったのです。彼の旅には予期せぬ紆余曲折がありましたが、彼は勇気と決意をもってそれらすべてに立ち向かっていた。彼は真のヒーローであり、タイムトラベラーであり、力を持っていまし た。

第11章

アリー

元の時代に戻ったカモだったが、以前とは別人のようでした。彼の時間の旅は、彼が想像もできなかった方法で彼を変えました。彼は世界の美しさと暗闇のすべてを見て、時間そのもののもろさを理解するようになりました。タイムポータルから出てきたとき、カモはほとんど認識できない世界にいることに気づきました。

街は彼がこれまで見たことのない形で成長し、変化していました。建物はより高く、通りはより混雑し、人々はかつてないほど多様になりました。カモは街を歩き回り、周囲のあらゆる光景や音を吸収しながら、驚きと畏怖の念で満たされました。

彼は、空飛ぶ車からホログラフィックディスプレイに至るまで、今や日常生活の一部となった未来のテクノロジーに驚嘆しました。しかし、街を探索するうちに、カモさんはすべてが見た目どおりではないことも理解するようになりました。

この先進的な未来においてさえ、依然として不平等と不公平が世界を悩ませていました。彼は裕福な人々の輝く塔の隣に貧困と困難を見ました。これらの課題にもかかわらず、加茂氏は変化をもたらすという決意を持ち続けました。彼は、過去と同じように、未来を形作る上で自分にも果たすべき役割があることを知っていました。彼は世界をより良い場所にしようと、新しい発明やアイデアに日々を費やしました。しかし、仕事をしていくうちに加茂さんは異変に気づき始めた。

時間は、誰も説明できない突然の変化によって、不規則に動いているように見えました。カモはタイムラインに何か重大な問題があることに気づき、その原因を突き止めようと取り組みました。

彼の調査により、彼は時間を利益のために操作している影の組織にたどり着きました。クロノス・シンジケートとして知られるこのグループは、タイムトラベル技術を使用して歴史上の出来事を操作し、富と権力を得ていました。カモは彼らを止めなければならないことを知っていました。出会ったもう一人のハイパー旅行者であるシュリーポの助けと、同じくタイムラインに閉じ込められていたことの再会により、彼はシンジケートを解体しタイムラインのバランスを取り戻すという危険な任務に乗り出したのです。彼らの旅は時空を超え、シンジケートのエージェントと戦い、彼らが織りなす時間操作の複雑な網を解き明かそうとしました。その過程で、カモは衝撃的な事実を発見しました。それは、時間を操作しているのはシンジケートだけではなかったということです。

他にも派閥があり、それぞれが目的を持って、自分たちの利益のために時間の流れをコントロールしようとしていました。カモは、時間の構造自体が危険にさらされていることに気づきました。これらのグループがタイムラインの操作を続けた場合、壊滅的な結果が生じる可能性があります。

しかし、この困難な課題に直面しながらも、加茂氏には予期せぬチャンスが与えられました。

彼は時間そのものの力を利用し、これまで誰も
やったことのない方法で出来事を形成し、歴史
の流れに影響を与える方法を発見しました。カ
モは、この力が危険であり、簡単に悪用される
可能性があることを知っていました。しかし彼
はまた、良い方向に向かう可能性、世界に真の
変化をもたらすチャンスも見出していました。

カモは、この力を賢く行使できるのは自分だけ
であることを知っていました。彼は、それをよ
り大きな善のために使用し、タイムラインを保
護し、歴史が意図されたとおりに展開すること
を保証するという厳粛な誓いを立てました。こ
うしてカモは、時間と空間の限界に向かう新た
な旅に出 た。彼は自分たちの利益のために時間

を操作しようとする者たちと戦い、全人類に と
ってより良い未来を形作るためにたゆまぬ努力
を続けました。彼の旅は予想外の紆余曲折に満
ち、勇気を試すような困難に直面することにな
る。しかしカモは、どんな犠牲を払ってでも成
功するという決意を 持っていました。彼はハイ
パー旅行者であり、ヒーローであり、そして力
強い人でした。

第12章

ヒーローズ
遺産

カモは時間を操作しようとする勢力と何年も戦っていた。彼は歴史を通じて人類の最良の部分も最悪の部分も見てきました。そして、時間そのものの真の力を理解するようになりました。しかし、カモは知識と経験をすべて持っていても、これから起こることに備えることはできませんでした。彼がシュリーポと一緒に新しい発明に取り組んでいたとき、突然奇妙な感覚を感じました。

まるで時間と空間の構造全体が引き裂かれているかのようでした。

カモは窓に駆け寄って街の景色を眺めた。

恐ろしいことに、外の世界がまるでブラックホールに吸い込まれているかのようにねじれ、歪んでいるのが見えました。彼 はこれが普通の出来事ではないことを知っていました。時間の経過とともに何か問題が発生し、それを修正するのは彼次第でした。カモとシュリーポはそれに飛び乗り、時空を超えて真実の発見を阻止しようとする勢力と戦いました。

数か月にわたる旅の後、ついに彼らは内部の混乱の原因がブラックホールであることを発見しました。それはマシューとスミロが操る、時間そのものの基盤を引き裂く巨大な装置だったのです。

カモとシュリーポは、迅速に行動する必要があることを認識していました。彼らは、装置の影響を打ち消し、タイムラインに秩序を取り戻すことができる独自の装置を構築のために奮闘しました。

彼らの努力が功を奏し、タイムラインが完全にバラバラになるのを防ぎ、タイムラインを安定させることができました。しかし、カモは、装置が虚に消えていくのを見て、マシューとスミロを助けなければならないと悟りました。そうでなければ、世界は決して元通りにはならないでしょう。

騒乱の影響はタイムラインに痕跡を残し、出来事を変え、歴史の流れを変えました。

カモは、自分が受けたダメージを回復するために残りの人生を費やすことを知っていました。またシュリーポが彼らを救うというこれほど偉大な精神が意地悪に消えていくのを見ることは決して忘れてはいけないと思いました。カモは再び希望を感じ た。

彼は、将来がどのようなものであっても、自分にはそれをより良い方向に形作る力があることを知っていました。こうしてカモはシュリーポ、マシュー、スミロとともに、歴史の流れを形作るのに役立つ新しい発明や技術を開発する仕事を続けました。彼は昼夜問わず精力的に働

き、世界が安全であると確信するまで休むこと
はありませんでした。年月が経つにつれて、カ
モの伝説は大きくなっていきました。

彼は歴史上最も偉大なハイパー旅行者として、
何度も世界を破滅から救った英雄として知られ
るようになりました。そして最終的に、カモは
時間を旅する価値があったことを知りました。

彼は人類の最良の面も最悪の面も見てきました
が、決して希望を捨てていませんでした。彼は
闇の勢力と戦い、勝利を収めました。

そして横になって休んだとき、カモは、明るい
未来を確実にするために自分ができるすべての
ことをしてきたことを悟りました。彼のよう
な、正しいことのために戦う意欲のある人々が

いる限り、より良い明日への希望は常に存在す

るでしょう。

終わり。

著者に関して

アラン・バンフォードは現代アーティストであり、その作品はテクノロジーと有機的な形態の交差点を探求しています。彼の作品は人類と環境の関係を反映しており、テクノロジーが有機物に与える影響と、より調和のとれた未来を生み出す持続可能な芸術の可能性を強調しています。バンフォードは、環境と私たちの関係についての会話を引き起こす没入型のエクスペリエンスを生み出します。

彼のアートワークは、有機的な形式と技術的な形式の並列を特徴としており、見る人にそれらの間のつながりについて熟考するよう促します。

アーティストとして、バンフォードは持続可能性を促進し、私たちの現実に対する認識を高めるために創造性を活用することに情熱を注いでいます。持続可能なアートに対する彼のビジョンは、地球を将来の世代のために保存することの重要性を強調しており、アートがこの取り組みにおいて重要な役割を果たすことができると信じています。バンフォードの作品はコレクターや投資家からも同様に注目を集めており、彼の作品は世界中のギャラリーやアートショーで紹介されています。

バンフォードのアートワークは、テクノロジーと有機的なフォルムの革新的な使用を通じて、鑑賞者に環境との関係や、より持続可能な未来を生み出す上でテクノロジーが果たせる役割について熟考するよう促します。彼の作品はコレクターやアート愛好家からも同様に求められており、持続可能なアートに対するバンフォードのビジョンは、変化を促すだけでなく、より持続可能な未来への投資を促進する可能性を秘めています。全体として、バンフォードのアートワークは、テクノロジーと有機的形態の交差点に関する独自の視点を提供し、それらの相互関連性と私たちの創造的な遺産を保存することの重要性を強調しています。先見の明のあるアーティストであり、サステナビリティの提唱者であるバンフォードの作品は、美的に魅力的であるだけでなく、社会的にも関連性があり、サステナビリティをサポートしたいと考えている人々にとって魅力的な投資機会となっています。

アラン・バンフォード

www.allanbanford.com